KB027815

양동식 시집

고학생의 눈물

지구문학

국립중앙도서관 출판시도서목록(CIP)

고학생의 눈물 : 양동식 시집 / 지은이: 양동식. – 서울 : 지구문
학, 2014
　　p. ;　cm

ISBN 978-89-89240-54-9 03810 : ₩7000

한국 현대시[韓國 現代詩]

811.7-KDC5
895.715-DDC21　　　　　　　　　　　CIP2014003086

시인의 말

　　진탕길 가시밭길 구만리 멀고도 서러운 길
　　가며오며 보는 그대로 겪은 그대로
　　돌돌이붓 달래가며 한 톨 빠짐없이
　　백지에 주워 담았습니다.
　　낮에는 햇빛 사이 밤에는 달빛 사이
　　사이사이 주워 담은 글
　　독자 여러분에게 다소나마 도움이 되었으면 합니다.
　　잘못 된 점 많은 이해 바라며
　　그간 이 글을 쓰기까지 지도 편달하여 주신
　　여러 선생님께 진심으로 감사의 말씀 드립니다.

　　　　　　　　　　2014년 2월 4일

　　　　　　　　　　　　　양 동 식 드림

차례

1부 | 도롱이를 아시나요

2 부 | **사랑**

차례

3부 | 그 말 한 마디가

4부 | 불효자는 웁니다

차례

5 부 | 고학생의 눈물

1부
도롱이를 아시나요

도롱이를 아시나요 · 1

삼복더위 매미 우짖는 그날
죄진 일도 없이
삿갓 논바닥에 엎디어
풍년이 온다고 사이사이 잡풀 뽑던
도롱이 도롱이를 아시나요

뇌성벽력 하늘이 요동치는 그 날
죄진 일도 없이
삼보정 논바닥에 엎디어
풍년이 온다고 벼 폭 사이 보풀 뽑던
도롱이 도롱이를 아시나요

도롱이를 아시나요 · 2

삼복더위 뜸부기 우짖는 그 날
죄진 일도 없이
벼 포기 사이에 엎디어
풍년이 온다고 피사리하던
도롱이 도롱이를 아시나요

우리 농산물 수탈자 일본인과 싸웠다
허리끈 졸라매고 보릿고개 넘었다
6 · 25사변을 거슬러
칠난팔고를 넘어온
도롱이 도롱이를 아시나요

도롱이를 아시나요 · 3

소금 저린 낡은 옷
새벽달과 함께 집 나가
삼보정 텃논에 엎디어
풍년가를 부르던
도롱이 도롱이를 아시나요

산새 놀라 푸드덕 날으고
먹구름 천둥소리
허리끈 졸라가며
모내기하던
도롱이 도롱이를 아시나요

도롱이를 아시나요 · 4

한아름 꿈을 안고
뜸북 뜸부기 우는 들녘
해동무 논에 지는 동무
허사비에게 농부가를 불러주던
도롱이 도롱이를 아시나요

황금들녘 바라보며
막내딸 시집 보내마
우쭐 우쭐거리며
새떼 쫓아 버리던
도롱이 도롱이를 아시나요

도롱이를 아시나요 · 5

순박한 농민의 아들로
쌀 속에서 태어나
농자천하지대본을
불철주야로 외치던
도롱이 도롱이를 아시나요

순량한 농민의 아들로
농촌에서 살고 지고
세계 최고의 새만금 방조제 도롱이의 땀
세계 최고의 조선산업 도롱이의 노고
도롱이 도롱이를 아시나요

내 인생에 박수를 보내다

적수공권赤手空拳
사고무친四顧無親

한숨길에 굴하지 않았다
여명처럼 살아온 내 인생에
박수 박수를 보내다

적수단신赤手單身
사처무인四處無人

눈물길에 굴하지 않았다
코뿔소처럼 살아온 내 인생에
박수 박수를 보내다

긍지

타인의 지갑에
신경 쓰지 말자

나를 따르는 허스름한
지갑을 나는 사랑한다

중요한 건 지금 확실한
목표를 두고 살 것이다

어머니가 내려준 팔 다리로
주춧돌을 세워야 하고

나는 내 나이를 사랑하며
나는 내 이름을 사랑하며 살 것이다

적반하장 賊反荷杖

오늘이 동짓날이라요
동지 죽 끓여 왔어요
많이 드시고 건강하세요
할아버지

점심 때 또 가져왔다
많이 많이 드세요
모자라면 더 가져올게요
할아버지

야 이것아 니 때문에
동지 죽 한 사발 먹고
나이 한 사발 더 먹었다
호령이 태산 같다

장미꽃 사랑

사랑이 없이는
다가오지 마세요

사랑이 없이는
바라보지 마세요
내 얼굴 빨개지니까요

사랑이 없이는
꺾으려 마세요
사랑이 없이는
손을 주지 마세요
은장도에 피가 나니까요

웃고 살자 · 1

싸움만 하는 기와집
돈은 찾아가지 않는다

웃고 사는 초가집
돈은 찾아갑니다

웃고 살자 · 2

웃음은 하늘이 내려준
최대의 행복이다

웃음은 자녀를 리더로
성공하는 주춧돌로

다 빛찬 사람으로
바꾸는 에너지다

가는 세월

가을이면 모든 만물은 익어
고개 숙입니다

나 검은 머리 늙어 은색 되었으니
은 무게만큼 고개 숙이리다

좋은 것이여

좋은 집에서
좋은 옷 입고
좋은 배나무 열매
좋은 것도 나누어 먹고 사는 거여

좋은 핸드백
좋은 넥타이
좋은 부부 되어
좋은 가정 이루고 사는 거여

좋은 남자
좋은 여자
좋은 인연 되어
좋은 세상 살다 가는 거여

좋은 입으로
좋은 말하고
좋은 마음으로
좋은 일하다 가는 거여

때

배냇저고리 던져 버리고
쌀 씻은 물에 떠밀려 온 세월

짊어지고 가기는 무거웁고
들고 가기는 가벼운 나이

때는 바로 이때다
하늘의 별을 딸 것이다

노후의 지혜

친구여
주름살 먹으면
설치지도 말고
잔소리도 말고
추억을 마시며 살 것이여

친구여
흰 머리 먹으면
욕심내지도 말고
화내지도 말고
조금 남은 것 베풀고 갈 것이여

자연의 훈유

창공 창공은 티없이 살라 하고

청산 청산은 말없이 살라 하고

바다 바다는 다 안고 살라 하네

만경강 연가

갯가에 조갑지나
주워 먹는 섬나라
일본 사람

지은 죄 짊어진 채
만경강 도망질소리
철버덕 철버덕

굽이굽이 서린 한
갈매기는 춤을 추고
푸석 푸석 만경강

노래를 불렀다네
시방도 그 노랫소리
푸석 푸석 노랫소리

이름 없는 묘지

외지 산턱에
이름 없는 묘지
한식날 쓸쓸히
새소리 듣는가

구름 산곡에
찾는 이 없는 묘지
팔월 보름달
달구경 하는가

꿈도 많았건만
그 꿈 내려놓고

봉분마저 평토된 채
이름 없는 묘지
바람소리 듣는가

달을 품고 있는 옹달샘

심산유곡 옹달샘
지보다 더 큰 둥근 달
가슴에 품고 있다

물 한 바가지 떠가면
화난 옹달샘
달을 쪼각쪼각 찢어 버린다

2부
사랑

사랑 · 1

당신께서 준 사랑으로
편지를 쓰고 있습니다

별 같은 당신이기에
구름 속에서도 굴하지 않고

반짝 반짝이도록
편지를 쓰고 있습니다

사랑 · 2

사랑이 없다면 등대 없는 항해사요
사랑이 있는 곳에 웃음이 있고
웃음이 있는 곳에 행복이 있다오

허나 도적은 재물은 훔쳐 가지만
재물보다 엉뚱히 더 좋은 사랑
사랑은 훔쳐 가지 못합니다

사랑 · 3

내 마음은 하늘의 별이랍니다
그대에 대한 내 마음
하늘의 별처럼 셀 수가 없습니다

사랑 · 4

내 마음은
새싹입니다

그대여
나에게 물을 주세요

그대가 주는 물이라면
나는 꽃을 피우렵니다

사랑 · 5

도화수 한 종지에
봄을 맞으며

금낭화 주머니에
그대의 사랑을 심었다

고고한 사군자
국화꽃 피어지면

그대의 사랑
다시 꺼내 보리라

사랑 · 6

바위도
사랑하면
말을 합니다
사랑한다고

사랑 · 7

백 근을 배에 올려 놓으니
좋아라 좋아라 하더니만
발 하나 올려 놓으니 짜증이다

부서진 세월

삭풍이 살갗을 꼬집는데
산은 말이 없고

지평선 저 너머
해 떨어지는 그 소리

속세의 몸부림인가
시간의 외침이런가

삶의 조각품
부서진 세월

수박

보름달로 둥글어라
둥근달로 예쁘더라

찜통더위 모난 철
둥글게 사는 법

시원한 그 맛
달콤한 그 맛
거기 있더라

인생무상 人生無常

풍화작용이던가
세월의 장난이던가
귀밑에 백발이
나를 떠미네

황금도 나는 싫어라
양귀비도 나는 싫어라
내 청춘
청춘을 돌려다오

목이 터져라 외쳐도
산울림만 산울림만
흰머리 잡아 흔드네

빈 가슴

높은 곳에 올라서면
더 높은 허공만 보이고

허공보다 더 허허한
가슴 절반만이라도

채울 곳 없구나
빈 가슴 채우려고

앞산 넘어간들
더더욱 허공일세

술잔 술잔을 놓아라

황금 같은 시간
목로주점 술잔 들고
허송세월 하는 녀석
술잔 술잔을 놓아라

쨀랑 돈 한 푼에 아버지 비지땀
타이 멋쟁이
양주 마시는 아들
술잔 술잔을 놓아라

황금 같은 시간

오늘 이 몸
허송세월
보낸 날은

어제 죽은 이가
그렇게 소원하던
내일입니다

간이역 · 1

인간은 누구라 할 것 없이
삼도천을 건너가지
우리는 삼도천 건너가는
간이역에 와 있는 거여

간이역 · 2

우리는 본의 아니게
이 세상에 왔다가

우리는 본의 아니게
이 세상을 떠나가야 하는
간이역에 와 있는 거여

반딧불 사랑

가냘픈 작은 몸이
등불 드리우고

애가 타게 찾고 있는
반딧불 사랑

새벽닭 우는데
새벽별 지는데

임이시여 임은 어디
등불 찾아 오세요

풀잎 사이
꽃잎 사이

사이사이 어서사이
임이시여 임이시여

개미

지보다 더 큰 먹이 앞에서
입 크기만큼 웃고 있다

몸이 작으니 욕심도 적고
욕심 적으니 근심도 적고

너는 작은 행복이다

마애

햇님은 석양길
어서 가라 하고

백로는 석양길
바쁘게 날으네

고요한 산정 암석
정심正心 두 글자 마애

백로는 마애 앞을
달 동동 떠나지 않네

섬처녀

뱃고동 소리에
물소리 먹으며
누굴 기다리는
외로운 섬처녀

처얼썩 처얼썩 허허바다
치자향수 곱게시리
동백꽃도 피어 있거라만
어디로 가고 있는 섬처녀

아버지 때에도
또 아버지 때에도
허허바다 아버지 때에도
어디로 가고 있는 섬처녀

3부
그 말 한 마디가

11월

세상은 어두워
가는 길을 지운다

초엽은 한 겹씩
짐을 비우고

초연히 임진년을
보내는 마음

삭풍은 어서 가자
몸을 떠밀지만

서쪽 노을에 걸려
몸부림치는 11월

달님의 고향

외로운 옹달샘에
애가 타는 청와 한 마리

까만 삼경이라
오르지도 못하고

빙빙 돌아봐야
우물 안 개구리다

달님이 지나다
등불을 비추며
어서 오르라 한다

고마워라
고향이 어디냐고 물으니
하늘이라 말하네

이것만은

남을 기쁘게 합시다
내게 둥근 달이 떠오리다
남에게 베풀어라
샘물은 퍼낼수록
맑아지기 때문이야

안 될 이유가 있으면
될 이유도 있으니
이유를 찾아
그림자를 보지 말고
코뿔처럼 살자

만추

동구 밖 정자
가을이 깊구나

찬서리 붉은 잎
산마다 붉어라

한세월 매미는
울어서 살고요

사군자의 하나인
추국의 그윽한 향기

향기에 취하여
낙엽은 붉게 물드네

고향집

박꽃 울 넘어가면
흥부가 부르던 제비

호박꽃 웃어 피면
호박나비 춤추던 고향집

그리워 문 열고 들어서니
내 집 들어오는 그게 누구여

왕거미 호령소리
머리털이 쫑긋하네

차 한 잔이

가고 가는 길
고추 같은 세상
따끈한 차 한 잔이
쉬어가라 말한다

주워 담아도
모자라는 세상
따끈한 차 한 잔이
몸을 달래주다

아침

아침이 있기에 내가 있다
시방 아침은 아침이 아니다

반짝이는 별처럼
나 또한 반짝이다
아침을 맞을 것이다

꿈에 지친 새 한 마리가
풀씨를 물고 신나게
아침 하늘을 날기 때문이다

그 말 한 마디가 · 1

부주의 말
그 말 한 마디가
가시나무 씨앗이 되어
나를 그렇게 괴롭게 합니다

증오의 말
그 말 한 마디가
싸움의 씨앗이 되어
속 편할 날이 없습니다

잔인한 말
그 말 한 마디가
이별의 씨앗이 되어
사랑을 파괴합니다

그 말 한 마디가 · 2

은혜스러운 말
그 말 한 마디가
구만리 진탕길을
평탄하게 합니다

부드러운 말
그 말 한 마디가
서먹거리는 천리길을
눈코 사이로 좁혀 줍니다

즐거운 말
그 말 한 마디가
햇빛의 씨앗이 되어
하루를 빛나게 합니다

겨울나무 · 1

긴긴 겨울
초록의 꿈을 안고

눈비바람 치는 날도
눈 속에 묻힌 그 날도

너만 믿는다
뿌리

겨울나무 · 2

꽃잎도 주었지
그늘도 주었지

산새도 재우다
바람도 재우다

경관도 주었지
열매도 주었지

줄 건 다 주고
텅 빈 손으로

동면하는
겨울나무

비목

생전에 짊어진 짐
내려놓은 채
누가 비목 아래 잠들었는가

생전에 할 일도 많다만
일 저버린 채
누가 비목 발치에 잠들었는가

생전에 꿈도 많으려니
그 꿈 베개 벤 채
누가 비목으로 잠들었는가

두 눈 부릅뜬 채
잡풀 속에 서 있는
묘지 수호천사 비목

어느 제자의 소리

삼동 동장군 설치면
내 옷 벗어 감싸주고
삼복 작살비 쏟아지면
우산이 되어 주던 채 선생
시방은 어디메서 종을 울리고 있나요

밤이면 지등이 되어
불 밝혀주며
별 큰 별이 되어라
목이 터지도록 외치던 채 선생
시방은 어디메서 종을 울리고 있나요

엄하면서도
다정한 그 목소리
정도正道 정심正心으로 살거라
칠판이 흔들리도록 외치던 채 선생
시방은 어디메서 종을 울리고 있나요

태산만 같은 그 은혜

어찌 어찌하리까

저의 간절한 소망

강남 제비 봄 따 물고 오는 춘삼월

소식이라도 전해 주오 채경순 선생님

허사비에게도 노래를 불러다오 · 1

작살비 젖은 땀
풍년을 기원하는
허사비에게도
노래를 노래를 불러다오

비바람 젖은 옷
농민을 안아주는
허사비에게도
노래를 노래를 불러다오

허사비에게도 노래를 불러다오 · 2

날벼락치는 날에도
풍년을 소망하는
허사비에게도
노래를 노래를 불러다오

천둥소리에도 놀라지 않고
새떼 날리던
허사비에게도
노래를 노래를 불러다오

세상은 주막인 거여 · 1

여보게
세상은 주막인 거여
풍진 세상 왔다가
한 잔 술 커

잔 들고 왔다
잔 놓고 가는
너는 주막인 거여

세상은 주막인 거여 · 2

여보게
세상은 주막인 거여
본의 아니게 왔다가
한 잔 술 커

잔 없이 왔다
잔 주고 가는
너는 주막인 거여

애정

바다에 나갈 아버지
아이 잠드는 것 보고 가려고
아이 옆에 앉아 있다

아빠 가는 것 보고 자려고
아빠 얼굴만 쳐다본다

4부
불효자는 웁니다

불효자는 웁니다 · 1

지나 새나
자장가만 부르다

흰 머리 되어 가신
바다 같은 어매 우리 어매

누가 누가 데려갔길래
불효자가 저리 웁니까

불효자는 웁니다 · 2

달덩이 같은 아들 하나
가르치려고

약초 뜯다 그냥 가신
어매 우리 어매

누가 누가 데려갔길래
소쩍새가 저리 웁니까

불효자는 웁니다 · 3

흰 머리 사이로
자식만 바라보다

호미허리 되어 가신
어매 우리 어매

누가 누가 데려갔길래
구구새가 저리 웁니까

불효자는 웁니다 · 4

주름살 사이로
자식만 바라보다

검버섯 안고 가신
어매 우리 어매

누가 누가 데려갔길래
뜸북새가 저리 웁니까

불효자는 웁니다 · 5

각박한 세간살이
산릉에 약초 뜯다

절벽에 떨어진 몸
장애자 우리 어머니

휠체어 못 사준 불효자
불효자는 웁니다

당신은 소중한 사람이여

물은 소중한 것이여
줄 건 줄 건 다 주고

낮은 자세로
살아가지요

물처럼 살아가는 당신
당신은 소중한 사람이여

술찬 아버지

밝누리 해동무
소금 같은 세상
삶의 현장에서
아버지 쇠스랑소리 들었습니다

빛 고운 달동무
고추 같은 세상
삶의 현장에서
아버지 땀방울 지는 소리 들었습니다

해동무 달동무
칼날 같은 세상
삶의 현장에서
아버지 허리끈 웃는 소리 들었습니다

어머니의 훈장

산에 산마다
싸리버섯 송이버섯 으스대지만

세월과 싸우다 피어난
어머니 검버섯만 못하더라

사금파리

어머니
가슴 깨진
사금파리

지은 죄
사하여 주오
장독대 엎디어

주야장천
빌고 비는
사금파리

빛 고운 우리 어머니 · 1

삼복더위 콩밭에
콩밭 매는 불화로

물동이 머리 이고
골창 뛰어넘던
아름솔 우리 어머니

허리끈 졸라매고
보릿고개 구만리길

호밀죽 목구멍에 밀어 넣고
송아지 우는 들녘
예나래 우리 어머니

빛 고운 우리 어머니 · 2

삼동 시린 손
물레야 물레야

산나무 까치걸음
산나물 참새걸음
그린비 우리 어머니

검정 고무신 동백기름
짠지 치마 해동무

낡은 치마 보리방아
길쌈 줄에 풍지 울어
다 빛찬 우리 어머니

빛 고운 우리 어머니 · 3

호미자루 해동무 뜸북새 울어
비바람 젖은 옷

흰머리 쥐고
오일장 메밀 팔아 꽃신 사준
빛나래 우리 어머니

한오백년 살 것처럼
동구래저고리 꿰매 입고

진자리 마른자리
삼남매 길러주신
아로미 우리 어머니

빛 고운 우리 어머니 · 4

산나무 머리 이고 해진 들녘
월침삼경 다듬이 소리

호미허리 골진 주름살
막내딸 시집 보내마
아름꽃 우리 어머니

쇠말처럼 자라서
무지개처럼 고와서

큰별처럼 길러주신
우리 삼남매
빛 고운 우리 어머니

어머님께

장다리 밭 너머
민들레길 황토 팔십리
다리장애자 어머님 묘소

휠체어 못 사준 불효자
불효자가 찾아왔습니다
극락정토極樂淨土하소서

끊어지다 이어지다
분명 어머님 그 목소리
자장가소리 들려옵니다

치마폭 흔드는 그리움
묘소 앞에 휠체어
휠체어가 놓여있습니다

머나먼 사랑

찹쌀떡 사가던 순아
천박한 주제에
심중에 말 한 마디 못한 채

잊을 길 없어
오동 가지에
까치가 울면
내인 줄 알아다오

메밀묵 사 가던 순아
고학생 주제에
끝내 말 한 마디 못한 채

지울 길 없어
군산행 열차
기적이 울면
내인 줄 알아다오

부모의 은덕

유년시절 뒤돌아보니
엄마 엄마 우리 엄마

장년시절 뒤돌아보니
아빠 아빠 우리 아빠

단풍매미 섧다 울어지는
단풍 밑에 앉아

지난 세월 뒤돌아보니
부모 은덕 낙엽처럼 쌓이네

아내에게

꿀꿀이죽 떠먹은 것도 죄인가요
삼부생三部生 칠부사七部死 병상에서
바람에 촛불 같은 내 인생

한 송이 꽃이 되어
백합꽃이 되어
용기와 희망을 던져준 당신

괴롭고도 고달픈 나날
한 많고도 서러운 인생
그래도 남은 것은 당신뿐이었다

자나 깨나 열쇠가 되어준 당신
내 몸에 있는 뼈마디
206개 당신께 드리오리다

으스대는 남근男根

매달려 숨어 사는 너
화장실만 귀찮게 하지
어디에 쓸 건고

참 이래 봐도 내 없으면
호랑이가 왕이 된다
이게 무슨 바람 같은 소리여

나만 사랑하는 사랑꽃
자궁꽃이 있다
이게 무슨 여우 같은 소리여

또한 나를 받치고 있는 지렛대
세상을 굴리는 무서운 힘
당신은 모르리

소라가 확 돌아가는 이유

억천만 겹 세월
독도는 대한민국 땅

하늘이 알고
땅이 다 알고
엄연한 현실

그럼에도 섬나라
일본 사람은
섬나라 땅이라네

소라가 소라가
확 돌아갑니다

5부
고학생의 눈물

고학의 불씨 · 1

앞집 친구는 부모 덕에
수학여행 가건만
낡은 바지 나뭇짐 지게
그 지게를 어찌 하리까

보고 싶은 책가방을
그저 한 없이 바라봅니다

감나무집 친구는 부모 덕에
학교에 가건만
누더기 바지 쇠스랑 자루
쇠스랑 자루를 어찌 하리까

입고 싶은 학생복을 그저
한없이 바라봅니다

고학의 불씨 · 2

자연의 허리산
하나뿐인 산골마을
쪽진 머리 검정 고무신
약초 뜯던 우리 어머니

산 넘어 산마루
계곡 넘어 헤매이다
절벽에 떨어진 몸
장애인의 아픈 상처

구구새야 울지 마라
자식 가르침이 꿈이었다
약초 찾아 해동무
눈 뜨고 가신 우리 어머니

그렇다 어머니 뒤에는 내가 있다
강철 같은 의지
차돌 같은 두 주먹

어머니의 한 때려 부수자

고학열차야 달려라
힘차게 달려가자
어머니의 한 쳐부수자
내 꿈 고학열차야

고학의 밤차는 떠나다 · 1

금쪽 같은 아들 하나
가르치지 못하는
어머님의 한!

오냐
이 팔다리 어디에 쓸 건가

가자 가서 배워야 한다
배워서 어머님의 한을 박살내 버리자

어머님 용서하세요
쉬 돌아올 것입니다
편히 잠드소서
고향 달아 잘 있거라

고학의 밤차는 떠나다 · 2

별들은 떼지어 노래 부르건만
경부선 야간열차는
기적소리도 슬피 우는
고학열차

배워야 산다는 신념 하나로
호박꽃 피고 지는 고향을 뒤로 하고
입술을 깨물며 떠나야 하는 향학열
고학생의 이름표를 가슴에 묻는다

고학시절 · 1

별들이 총총 노래하는 새벽
찹쌀떡 메밀묵 길거리 장사

장사가 끝나기 무섭게
허기진 그 몸을 이끌고 대전

신탄진 근처로 뛰어가 줄지어
차례를 기다리는 고학생

무엇 때문이냐고요
꿀꿀이죽 사 먹기 위해서였다

귀걸이 아줌마도 서 있고
목걸이 아줌마도 서 있다

고학시절 · 2

하면 귀부인 아줌마도
꿀꿀이 죽을 사 먹는단 말인가?

아니야 아니지
개밥 주려고 사 가는 거야
개밥 말이여

고학시절 · 3

나는 개밥 먹는 개란 말여 개
아니 돼지라고 해도 좋다
그저 많이나 먹었으면 한다

무엇이 좋아 해바라기는
한종일 저렇게 웃고 있는가
어디서 개 우는 소리 내 가슴을 때린다

고학시절 · 4

꿀꿀이죽이 무엇이란가

뭇사람들이 먹고 남은 찌꺼기라
찌꺼기에는 미군 병사들이
먹고 남은 밥풀떼기

밥풀떼기에는 더러운 오물이
춤을 추는 꿀꿀이죽…
돼지밥에서 따온 이름입니다

고학시절 · 5

둥지 찾아가는 날새야
너의 집이 어디냐고 묻지를 마라

풍우 풍설이 내리쳐도
놀라지 않는 우리집

땅거미와 함께
꿈을 꾸는 우리집

수캐 오줌 누고 지나가는
하수관이 우리집이다

고학시절 · 6

혹독한 추위 새벽녘
신문이요 신문 사세요
자국마다 외치는 신문팔이

대한 한파 새벽녘
우유요 우유 사세요
가로수 따라 외치는 우유장사

대합실이 내 집이요
자는 곳이 내 방이라
바람에 뜬구름 인생

빛은 고루 비춘다 했거늘
하늘빛은 다 어디로
어디로 갔기에

고초만상
고학생의 눈물
눈물을 흘리나요

고학시절 · 7

눈보라 내리치는 새벽녘
찹쌀떡 찹쌀떡 사세요
짱랑돈 몇 푼에 고향생각

강풍이 내리치는 새벽녘
메밀묵 메밀묵 사세요
짱랑돈 몇 푼에 엄마생각

부모팔자 반팔자라 했거늘
나는 어찌 부모 덕도 없는
종이배 학생이란가

하수관이 내 집이요
하늘 아래 집시인생
산까치 울어지는 고학생

세월이 다 갈아 엎어도
찹쌀떡 찹쌀떡 사세요
메밀묵 메밀묵 사세요

고학시절 · 8

땡땡땡 점심식사 하란다
옆자리 학생 김밥 먹는 그 소리

허리끈 졸라매며
군침만 꿀떡 삼키는 고학생
물, 물이라도 한 모금 주었으면

잔디 밑에 나가
일기장을 쓰고 있다

열심히 더 열심히 배우자
배워서 고학의 서러움을
풀어야 한다고…

고학시절 · 9

쌉쌀떡 쌉살떡 사세요
　　　단어 하나 외우고

신문이요 신문 사세요
　　　단어 하나 또 외우고

길갓공부 장사공부
부엉새야 울지 마라

고학시절 · 10

명사십리 모래도 많고요
천자십리 글자도 많은데

어쩌라고 이 내 가슴팍에
고苦자를 달아주었나요

어쩌라고 이 내 가슴팍에
눈물을 달아주었나요

하늘이여 땅이여
무심타 천지여

고학시절 · 11

스랑치마 앵두 같은 그 입술
찹쌀떡 총각
여기 찹쌀떡 주세요
함석집 아가씨 그 말이

찹쌀떡 고학생 주제에
심중에 말 한 마디
끝내 하지 못한 찹쌀떡
오동 가지에 노는 눈썹달아
니는 언제 커서 내 마음 알아줄래

고학시절 · 12

둥근 달덩이 같은 그 얼굴
메밀묵 총각
여기 메밀묵 주세요
대문집 아가씨 그 말이
고학생 주제에
심중에 말 한 마디
끝내 하지 못한 메밀묵
자장자장 자장가야
니는 언제 커서 내 마음 알아줄래

고학의 열매 · 1

고학의 눈물은 강물을 거슬러
바다로 바다로 바다로 가
처얼썩 처얼썩 소금 만드는 그 소리
소금 소금을 만들었습니다

고학의 열매 · 2

노력은 쓰다 그러나 열매는 달다
앵무새가 말하였던가

찹쌀떡으로 집을 사고
메밀묵으로 논을 사고
꿀꿀이죽으로 아들 삼형제 대학 나왔다

오동 가지 휘파람새 신나게 휘파람소리
나비는 너울너울 춤을 춥니다 그려

꿈이더냐 생시더냐
꿈이라면 깨지를 말거라

후기 後記

쓰레기 옆에 제멋대로 놀고 있는 저 깡통
나를 한없이 바라본다
둘이는 눈에 눈을 마주하더니만 미소로 답합니다

새벽 시린 손 눈물로 살아온 세상
동고동락同苦同樂 함께 하였으니 그럴 법도 하지 뭐
그뿐인가 나비가 흥겨워 춤추게 하던 그 깡통
나의 젖줄 꿀꿀이 꿀꿀이죽 통 아니더냐

구관조九官鳥의 말이던가
초년의 고생은 은을 주고 산다 하였지
적수단신赤手單身 고학생의 눈물이

강을 거슬러 바다로 바다로 가
처얼썩 처얼썩 소금을 만들었으며
나비가 흥겨워 춤추게 한 것은 분명한 사실이다
이 모든 것이 다 꿀꿀이죽 통의 눈물이 아니더냐

우지 마라 우지 마라 눈물이 남아 있더냐
두견이처럼 우지 마라
이제는 술잔처럼 웃어라
이 생 다할 때까지 꿀꿀이죽 통을 사랑할 것이며
황토 저 산 갈 때까지 웃으며 함께 갈 것이다
독자 여러분께 다소나마 도움이 되었으면 합니다

지은이 양동식

고학생의 눈물

·

지은이 / 양동식
펴낸이 / 김정희
펴낸곳 / **지구문학**

110-122, 서울시 종로구 종로17길 12 215호(뉴파고다 빌딩)
전화 / (02)764-9679
팩스 / (02)764-7082

등록 / 제1-A2301호(1998. 3. 19)

초판발행일 / 2014년 2월 4일

값 7,000원

E-mail/jigumunhak@hanmail.net

ISBN 978-89-89240-54-9 03810